Quando la giungla!

By Preethi Menon

Quando la giungla!

**Translated to Italian from the English version of
When the Jungles Whisper!**

Preethi Menon

Ukiyoto Publishing

All global publishing rights are held by

Ukiyoto Publishing

Published in 2024

Content Copyright © Preethi Menon

ISBN 9789362693624

All rights reserved.

No part of this publication may be reproduced, transmitted, or stored in a retrieval system, in any form by any means, electronic, mechanical, photocopying, recording or otherwise, without the prior permission of the publisher.

The moral rights of the author have been asserted.

This is a work of fiction. Names, characters, businesses, places, events, locales, and incidents are either the products of the author's imagination or used in a fictitious manner. Any resemblance to actual persons, living or dead, or actual events is purely coincidental.

This book is sold subject to the condition that it shall not by way of trade or otherwise, be lent, resold, hired out or otherwise circulated, without the publisher's prior consent, in any form of binding or cover other than that in which it is published.

www.ukiyoto.com

PREMESSA

QUANDO LA GIUNGLA SUSSURRA, È MEGLIO ASCOLTARE!

Mio padre, il famoso scrittore Shivarama Karanth, non credeva nella scuola formale. Spesso osservava che "le scuole sono mattatoi della curiosità dei bambini". Si ispirava alla visione di Maria Montessori di coltivare la creatività e la curiosità di ogni bambino facendo sembrare l'apprendimento un gioco. All'inizio degli anni '30 fondò la sua "Balavana" (foresta dei bambini), una scuola sperimentale situata in un terreno boscoso di sei acri tra la costa di Mangalore e i Ghats occidentali del Karnataka. Prima che io nascessi, quella scuola aveva chiuso per mancanza di sostegno da parte dei genitori a esperimenti pedagogici così radicali. Tuttavia, tutti e tre i miei fratelli ed io siamo diventati cavie dell'esperimento di Balavana. Ragazzi, ero una cavia felice!

Fino a quando non sono entrato nella scuola superiore direttamente in prima media, l'educazione che ricevevo era quella di esplorare e giocare tutto il giorno nei boschi di Balavana, a parte un'ora di Kannada e di matematica insegnata da mia madre. Tuttavia, Balavana aveva una biblioteca favolosa con molti libri sulla fauna e la natura. L'amore e la curiosità per la fauna selvatica erano ben radicati in me. Una zia che mi voleva bene mi ha insegnato il birdwatching. Crescendo, poi, mi rattristai nel vedere che i miei compagni di scuola e di università si perdevano tante cose nella vita perché la curiosità per la natura che era in loro insita era stata spenta dall'incessante ricerca di voti scolastici o dalla voglia di gadget.

Sono felice di vedere che le cose stanno cambiando, anche se lentamente. I libri, Internet e i media visivi stanno avvicinando nuovamente la natura ai bambini. E, al di fuori dei programmi scolastici ancora un po' monotoni, gli scrittori interessati alla natura, come la scrittrice Preethi Menon, stanno arricchendo la vita degli studenti con storie affascinanti sulla fauna selvatica e sulle terre selvagge, il nostro paese davvero spettacolare.

È cambiata anche un'altra cosa. Almeno in alcune riserve naturali, in alcune parti dell'India, la caccia incessante del passato, che aveva reso la fauna selvatica scarsa e timida, è diminuita. I bambini possono ora visitare i santuari della fauna selvatica e vedere gli animali selvatici negli habitat naturali.

In questo libro, Preethi Menon cerca di accendere la prima scintilla di curiosità per la fauna selvatica nei bambini di 6-9 anni. È una raccolta di 26 racconti. Preethi scrive con lucidità e verve per legare i suoi lettori a questi meravigliosi animali. L'autrice adotta un modello unico di narrazione in cui ciascuna di queste specie diventa il personaggio centrale del racconto. Eppure, si tratta di storie per bambini "serie" in cui il tema generale della messa in pericolo delle specie si nasconde nell'ombra. I personaggi centrali dei suoi racconti sono uccelli in via di estinzione, come il floricano del Bengala, la quaglia dell'Himalaya e l'avvoltoio dalla groppa bianca. Il cast di personaggi comprende anche mammiferi come il delfino gangetico, rettili come il gaviale o persino minuscoli anfibi come il rospo *Xanthophryne Tigerina*. E naturalmente sono presenti anche specie carismatiche come elefanti, leoni e tigri.

L'autrice riesce anche a catturare il sapore e l'essenza della diversità dei paesaggi, dei terreni, delle foreste, delle zone umide e degli altri habitat in cui queste creature sopravvivono, riuscendo persino a intrecciare pezzi di cultura locale nei suoi racconti. Soprattutto, queste storie sono intrise di ottimismo e speranza, di cui abbiamo davvero bisogno se vogliamo salvare queste specie per le generazioni a venire.

Sono certa che questo libro sarà ben accolto e letto avidamente da tutti i bambini a cui si rivolge. Spero anche che, quando questi bambini dormono, anche i loro genitori e insegnanti aprano le coperte e ascoltino questi sussurri della giungla. Saranno arricchiti dalla passione e dalla conoscenza che Preethi condivide amorevolmente con i loro figli.

K. ULLAS KARANTH, PhD
Centro di studi sulla fauna selvatica

Sarebbe meraviglioso se gli animali selvatici potessero raccontarci le loro storie personali, cosa gli piace, di cosa hanno paura e cosa pensano di noi, esseri umani. Beh, non possono, ma Preethi Menon ci porta in un delizioso viaggio attraverso le vite e le avventure delle creature selvatiche nella grande distesa dell'India con i suoi meravigliosi e scenografici deserti, oceani, fiumi e foreste.

Kanna e Molu vivono a Bangalore, ma quando tornano a casa per le vacanze stanno dalla nonna Ammuma in un bellissimo villaggio circondato da colline, fattorie e foreste. Sa esattamente come renderli felici e ogni sera legge loro il libro *When the Jungles Whisper*. Il libro è ricco di storie emozionanti e divertenti su animali grandi e piccoli.

Alcuni sono gravemente minacciati, come Gowri, il coccodrillo dal muso lungo e mangiatore di pesce chiamato gharial che vive nel fiume Chambal, nel nord. Ha bisogno di un luogo sicuro per deporre le uova e allevare i piccoli. I fiumi sono rovinati dall'estrazione della sabbia e dall'inquinamento e fortunatamente il Chambal è ora un santuario protetto per il gaviale, i delfini di fiume, le rare tartarughe e gli uccelli acquatici che utilizzano le isole del fiume per nidificare in sicurezza.

Un'altra creatura a rischio è Bansi, il fiorrancino del Bengala che va a scuola e incontra molti altri uccelli come aironi, pellicani, rondoni e quaglie. Kanna e Molu sono affascinati e vogliono sapere perché e come gli uccelli diventano minacciati e cosa si può fare per aiutarli a sopravvivere. Ammuma li incoraggia a leggere di specie in pericolo e di come i loro problemi possano essere risolti.

Chandrika è un cobra reale che ha avuto la sfortuna

di essere catturato e messo in un cesto intrecciato da un incantatore di serpenti che, mentre suonava il suo flauto, la faceva sedere e sembrava pericoloso. Viene salvata e viene ospitata in una gabbia spaziosa in uno zoo, dove impressiona i numerosi visitatori che vengono a guardarla. Si accorge che una bambina la sta fissando con stupore e, sebbene non possano parlarsi, Chandrika si alza in piedi e allarga il suo magnifico cappuccio, lasciando un'impressione indelebile sulla bambina. I serpenti sono bellissimi e non fanno affatto paura!

Numerose altre brevi storie di animali con personalità, dai cervi dell'Himalaya ai roditori delle isole Andamane, fino ai rospi dei Ghat occidentali, vi porteranno in giro per i luoghi selvaggi dell'India a conoscere una grande varietà di mammiferi, uccelli, rettili e anfibi che condividono la loro vita con noi. Ecco un'esperienza di lettura perfetta per andare a letto o in qualsiasi momento!

Romolo Whitaker

La luna era comodamente seduta nel cielo. Un soffio del dolce profumo di gelsomino si diffuse attraverso la finestra della camera dei bambini. In lontananza, le montagne si ergevano silenziose e magnifiche.

Com'era diversa la vita nel villaggio della nonna! Kanna e Molu amavano trascorrere le loro vacanze vagando per la campagna, cogliendo, schiacciando e mangiando manghi succosi. I pomeriggi erano dedicati alle gare di tuffi con i cugini, nel laghetto vicino. Le serate dopo cena erano le più eccitanti. La nonna, che chiamavano Ammuma, leggeva loro storie meravigliose di uccelli e animali che rendevano vive le giungle indiane, storie di specie in via di estinzione.

"Se le giungle sono la casa degli animali, come possono essere in pericolo?" Chiese Molu.

"La gente li caccia per la carne o la pelle, e a volte per sport. Perdono il loro habitat perché la terra viene utilizzata per coltivare o costruire spazi urbani. Di conseguenza, molte di queste specie sono sull'orlo dell'estinzione", ha spiegato Ammuma.

"Allora, cosa facciamo per proteggerli, Ammu?"

"Sono in corso molti sforzi di conservazione da parte di persone che ci tengono. Ne scopriremo di più in queste storie."

Leggevano ogni sera fino a quando l'orologio batteva le dieci. Ammuma annunciava poi: "È ora di spegnere le luci" e dava loro il bacio della buonanotte. Il loro passatempo preferito prima di addormentarsi era quello di immaginarsi su un jumbo trail alla scoperta di queste giungle. In una di queste notti, Kanna notò, con gli occhi carichi di sonno, delle piccole luci che tremolavano fuori dalla finestra della loro camera. Si trattava di una questione che doveva ispezionare.

"Molu, guarda qui", sussurrò, avvicinandosi alla finestra. Molu si affrettò e per poco non inciampò sul tappeto.

"Le lucciole!", esclamò con gli occhi spalancati, mentre si muovevano a zig-zag e a croce nell'aria. Dopo un'esibizione luminosa di due minuti, sono volati via.

"Inseguiamoli", disse Kanna. Uscendo in punta di piedi dalla casa, seguirono le lucciole fino alla fine del sentiero che portava al loro cancello. I grilli avevano iniziato a fare baccano. Le lucciole si sono librate nell'aria per un attimo prima di scomparire nella notte fitta.

"Ssshhh... Hai sentito?" Kanna e Molu tesero le orecchie per ascoltare.

Riuscivano a sentire i sussurri della giungla?

Contents

La fantastica avventura di Anju	1
I compagni di bollicine di Bansi	5
Chiacchierata affascinante di Chandrika	8
La danza dandy di Divya	12
La fuga estrema di Eklavya	16
La fanfara dei ranocchi di Freddie	20
Gowri si prepara!	23
La casa alta di Hasan	26
L'idea impetuosa di Izzy	29
L'allegro giubileo di Jancy	32
I parenti gentili di Kuldeep	35
La vita fortunata di Lila	39
Il momento magico di Meera	42
La nicchia Nippy di Nimmi	45
Operazione in corso di Onjali	48
I pennacchi perfetti di Prem!	52
La ricerca silenziosa di Quila	55
Lo zaino Ruddy di Ruhi	58
La splendida notte di Sundari illuminata dalle stelle!	61
Il piccolo colpo di scena di Tej	64
Gli alti e bassi di Urvashi	68
La vittoria di Varaz	72
Le sagge parole di Wendy	76

Lo Xilofono di Xini	79
I filati di Yakky Yuki	82
Zip Zesty Zara	85
LA FINE	90
Fatti divertenti sui nostri amici fauni	91

A Iniziamo il nostro viaggio dalla foresta di Bandipur, nello stato meridionale del Karnataka, dove è ambientata la nostra prima storia dell'<u>elefante asiatico</u>.

La fantastica avventura di Anju

Anjusospirò profondamente, agitando la proboscide verso gli uccelli che volavano intorno a lei. Si sentiva sola da quando il suo migliore amico Janu era partito per un'altra foresta. Sua madre Ammini le diede una leggera gomitata come per chiederle quale fosse il problema.

"Mi manca Janu. Vorrei poterla vedere", disse con un altro sospiro così profondo da far volare via gli uccelli che si posavano sul suo tronco.

"Sei pronto per un'avventura?" Chiese Ammini. Anju non poteva credere alle sue orecchie! Il mattino seguente si recarono all'incontro con Janu, insieme alla zia di Anju.

"Janu si ricorderà di me? Può sbattere le orecchie? Nuota? Scommetto che non sa ballare il Jumbo-Jiggy-Wiggy".

"Rilassati, lo scopriremo presto. Inoltre, non vorrai che Janu pensi che tu stia suonando la tua tromba", sorrise Ammini, mentre coglieva un grappolo di banane e se le infilava in bocca. Anju continuava a parlare come un treno espresso dei giochi che faceva, come "I Spy" con gli scoiattoli e "Tickle my Trunk" con gli uccelli. Il loro trekking li ha condotti attraverso molti sentieri segreti nella giungla.

"Come faremo a ricordare la strada del ritorno?" Anju chiese alla madre.

"Gli elefanti hanno la memoria migliore; ricordiamo tutto", ha risposto Ammini.

Lungo il percorso, i due jumbo emettevano bassi rumori per comunicare con altri elefanti nella giungla. Così facendo, hanno ottenuto informazioni importanti: come evitare i pericoli, quando cambiare direzione, dove prendere l'acqua e così via.

Improvvisamente, Ammini si fermò sulle sue tracce. Poteva percepire il pericolo.

"Ssshhh.... fare silenzio e stare fermi". Attraverso l'erba fitta, Anju vide le strisce arancione fuoco e i muscoli increspati di Agni, la feroce tigre. Questo era il suo territorio. Ammini e Agni si guardarono per un attimo. Nessuno si è mosso. Dopo alcuni momenti di tensione, Agni si allontanò in silenzio. C'è mancato poco!

Poco prima di raggiungere il fiume Kabini, videro la mamma di Janu che li aspettava alla radura. Si è fatta avanti per salutare i suoi cari amici. Dopo i saluti, si sono riposati per un po'. Anju guardò timidamente Janu, con la lingua bloccata. Dimenticò tutto ciò che aveva provato a dire. Alla faccia della famosa memoria dell'elefante!

"Possiamo giocare vicino al bambù?" Chiese Janu,

rompendo il silenzio imbarazzante. La mamma di Janu e Ammini sono d'accordo e ricordano loro le regole di sicurezza.

"Ricordate, se vedete dei serpenti, fatevi da parte e allontanatevi".

I due vitelli gridarono "YEH!" correndo verso il fiume. Anju e Janu avrebbero giocato a nascondino, si sarebbero rotolati nel fango, si sarebbero spruzzati addosso l'acqua, avrebbero fatto il Jumbo-Jiggy-Wiggy e e.... Che avventura fantastica!

4 Quando la giungla

"Il Jumbo-Jiggy-Wiggy! Ehi, dovremmo provarci", disse Kanna entusiasta, mentre desiderava segretamente potersi rotolare nel fango.

B Ora andremo nel Nord-Est, nel delta del Brahmaputra, dove si trova il <u>Floricano del Bengala</u>, a rischio di estinzione.

I compagni di bollicine di Bansi

Bansi ha emesso un brusco cinguettio alle prime luci dell'alba. "Cheep! Cheep! Svegliati dada, non voglio arrivare in ritardo al mio grande giorno!". Si è messo a becchettare con impazienza, desideroso di andarsene.

Bansi viveva nelle praterie alte. La sua famiglia si spostava spesso da un posto all'altro perché le case precedenti continuavano a scomparire. Gli uomini hanno occupato la loro terra per costruire campi coltivati. Questo rendeva Bansi molto triste, ma la situazione stava per cambiare.

Mentre Bansi e dada si avvicinavano all'apertura di un boschetto nascosto nel folto dell'erba, dove l'uomo non può arrivare, Bansi sentì centinaia di striduli trilli di uccelli. Alcuni si agitavano, altri svolazzavano, altri ancora si agitavano. Che baccano! Bansi era così eccitato che non si accorse delle farfalle che gli svolazzavano nella pancia. Ha sentito a malapena il suo papà salutarlo con un tweet; si stava già facendo strada tra la cacofonia.

"Benvenuti all'asilo Sangeet, sono la signora Bhavna, la vostra insegnante di musica", gorgheggiava un coloratissimo martin pescatore di Blyth, dall'aspetto perfetto, sotto un baldacchino di fiori. Il suo cappotto sembrava tessuto con il tessuto dell'arcobaleno. Bansi avvistò un uccello, la cui testa sembrava essere stata immersa in un camino pieno di fumo. Il suo nome era Swara, un bulbul dalla testa di fuliggine. Hanno cinguettato per un po' prima che lui volasse per incontrare un altro Bengala floricano.

Durante la lezione di sinfonia, la signora Bhavna ha sognato: "Siamo i musicisti più dotati del mondo. Non è *quello che* twittiamo, ma *il modo in cui* lo facciamo a creare un'agitazione. Apriamo bene i becchi e cantiamo 'con sentimento'".

Flit float fly: cheep cheep, cuori pieni di gioia: beep beep!

Kuhu pihu kuhu pihu, chippy chippy chin chiyuu!".

Shruti, il pellicano maculato, aprì il becco per cantare, ma era così lungo che colpì Duni, il rondone dal ciuffo scuro, nell'occhio. "*Chin chiyuu....* Ooww!" Duni emise un grido di dolore che disturbò il ritmo della canzone. Madhuri, la quaglia di Manipur, non riusciva a smettere di ridacchiare. Vedendola, tutti scoppiarono in una risata.

È buffo che il tempo voli proprio quando ci si diverte. Alla fine della giornata, Bansi ha trovato molti nuovi amici.

"Amo l'asilo Sangeeth. Spero che non dovremo trasferirci di nuovo dada", cinguettò Bansi felice. Si è accoccolato in un angolo accogliente dopo una cena a base di bacche e semi deliziosi, mentre i ruscelli accanto gorgogliavano dolcemente una ninna nanna.

"*Anch'io adoro l'asilo Sangeet*", disse Molu, canticchiando una melodia mentre si preparavano per andare a letto. "*Flit float fly: cheep cheep!*".

C Seguite le nostre tracce striscianti fino a Patna, nel Bihar, dove risiede il <u>cobra reale</u>.

Chiacchierata affascinante di Chandrika

Chandrikagiaceva arrotolata nell'angolo più lontano, guardando pigramente i gruppi di umani che passavano. Lunga più di tre metri, era una delle principali attrazioni dello zoo. Chandrika è stata salvata da un incantatore di serpenti in un villaggio vicino e portata allo zoo in uno zaino. Era triste? Al contrario, ha provato l'opposto.

Ogni volta che gli umani si fermavano nella sua gabbia, pronunciavano il nome sull'etichetta esterna: "Il cobra reale", comese leggerlo ad alta voce l'avrebbe fatta scatenare in una danza del serpente. Alcuni sono rimasti a bocca aperta, altri l'hanno indicata e altri ancora hanno fatto delle smorfie. Che sciocchezza! Ma c'era una bambina che guardava il cobra con stupore.

"Qual è la tua storia?", sembra chiedere la ragazza. A Chandrika tornò in mente quel fatidico pomeriggio. Era arrabbiata perché gli altri serpenti l'avevano chiamata "cobra astuto". Uscì dalla sua tana, senza prestare attenzione alla madre che la metteva in guardia dai pericoli in agguato.

"I nomi non possono farti del male, mia cara, ma gli umani sì. Quindi attenzione".

Chandrika vide degli esseri umani in lontananza e si fermò. È successo in un attimo.

Qualcosa le cadde addosso e tutto divenne buio. Oh no! Era intrappolata in un cesto di vimini. Da allora, ogni volta che il suo padrone suonava il tubo pungi, lei percepiva le vibrazioni del suono ed emergeva dal cesto, ondeggiando lentamente. Non poteva farne a meno. Gli umani pensavano che stesse ballando al suo ritmo, ma questo era il modo in cui Chandrika si difendeva. È così faticoso. Nella sua nuova casa, però, poteva rilassarsi, arrotolarsi e rilassarsi!

Un leggero movimento riportò Chandrika al momento presente. Si avvicinò alla finestra e si fermò davanti alla ragazza. Sollevando la testa, si è aperta il cappuccio in tutto il suo splendore. La folla sussulta e le telecamere lampeggiano febbrilmente. *Klitch Klitch Klitch!* Chandrika si sentiva a disagio per le luci intense. Questo ha infastidito la ragazza che ha indicato il cartello all'esterno. Le luci hanno smesso di lampeggiare.

Forse gli esseri umani guarderebbero con benevolenza ai serpenti, invece di vederli come rettili spaventosi e malvagi. Anche i potenti elefanti rispettavano il cobra. Si sarebbero fatti silenziosamente da parte senza farle del male.

Per un momento, Chandrika si trovò sola con la ragazza. Si muoveva dolcemente come se stesse ballando una melodia dimenticata. "Incantato di conoscerti!" sibilò Chandrika.

I loro sguardi si incontrarono prima che lei tornasse a strisciare nel suo angolo.

Negli occhi dei bambini c'era uno sguardo lontano, mentre Ammuma finiva di leggere.

"I cobra sono in pericolo di estinzione?" "Bella domanda Kanna, puoi fare una ricerca su questo argomento", rispose Ammuma.

D Andiamo sulle montagne dell'Uttarakhand, dove si incontrano i fiumi Ganga e Yamuna, per vedere i <u>delfini del fiume Gange</u>.

La danza dandy di Divya

Divya tirò fuori il muso dall'acqua e osservò le rive del fiume Ganga. Vuoto. Quando le rive erano piene di umani, aspettava il momento giusto, saltava in aria e si lanciava, schizzando acqua su tutti quelli che si riunivano lì. Che delfino birichino! Si poteva sentire il suo schiocco di dita mentre nuotava via, ballando la sua giga speciale. *Wiggle-Whistle, Leap-Flip, Dive-Splash, Wiggle-Whistle!*

"Forza, giochiamo a *Fastest Flip*", disse Divya ai suoi amici Devi e Darshan.

"No... l'acqua non è pulita", disse Darshan, arricciando il muso.

Era vero. Le acque un tempo limpide e fresche della sua città natale, Devprayag, si erano sporcate con decenni di uso umano. Questo non ha smorzato il morale di Divya.

"Potremmo ammalarci", continuò Darshan, guardando Devi per avere un rinforzo.

"O peggio, potremmo rimanere impigliati nella rete di un pescatore", disse frettolosamente Devi.

"Ricordi cosa è successo a Dipa?"

Come ha fatto Divya a dimenticare? Il lungo muso di Dipa era rimasto impigliato in una rete da pesca. Divya aveva pianto un fiume di lacrime quando aveva saputo della tragedia.

"Non ci sono più barche da pesca. Un virus si aggira per tenere a bada gli esseri umani. Non l'hai notato?" Divya si accorse che i due delfini stavano pensando. E ha continuato: "Ci terremo alla larga dalle aree trafficate e inquinate, utilizzando le nostre capacità di ecolocalizzazione. Andiamo. È il momento del *Flip più veloce*!".

Questo ha funzionato. I delfini possono navigare sott'acqua utilizzando l'ecolocalizzazione. Una volta lo zio di Divya disse che le enormi macchine chiamate sottomarini avevano copiato il loro stile di comunicazione. Non è fantastico il modo in cui hanno ispirato gli esseri umani?

I tre partono per un'avventura. Divya aveva un piano, ma non aveva ancora intenzione di rivelarlo. Durante il tragitto, hanno visto dei pescherecci e hanno cambiato rapidamente direzione per evitare il pericolo. Qualche chilometro dopo, videro delle zattere che si dirigevano verso le rapide. I tre delfini hanno nuotato insieme alle zattere, capovolgendosi e schizzando con la corrente. Gli umani sembravano entusiasti, applaudivano e applaudivano con gioia.

"Dovremmo tornare indietro", disse Darshan.

"Cosa? Non fare il guastafeste. Inoltre, la casa di Jancy è a poche ore di distanza. Facciamogli una sorpresa!".

Divya si mise a nuotare davanti a loro prima che potessero rispondere. Devi e Darshan si guardarono per un attimo. Poi, con un sornione schiocco di dita, Darshan chiese,

"Vogliamo ballare il *Wiggle-Whistle*?"

"Mi piace lo spirito di Divya!". Kanna disse con gli occhi lucidi. "È avventurosa".

"Pensi che Darshan e Devi si uniranno a lei?" Ammuma ha chiesto.

"Io ci andrei", disse Kanna, "facendo il Wiggle-Whistle!".

Hanno riso di questo. Ammuma ha annunciato che era ora di spegnere le luci.

E I deserti del Rajasthan sono la prossima meta del nostro percorso Jumbo. Qui si può sperare di avvistare l'<u>aquila della steppa.</u>

La fuga estrema di Eklavya

Eklavya si librava in alto nel cielo del deserto. Con le sue grandi piume distese, aveva un aspetto regale. Ai suoi occhi acuti non sfuggiva nulla. Quando ti guardava, sentivi le ginocchia vacillare! Il suo sguardo assassino era sufficiente a far correre tutte le creature verso la salvezza.

"È di nuovo quell'aquila a caccia!", gridarono i conigli, avvertendosi a vicenda, mentre correvano per sfuggire ai potenti artigli affilati di Eklavya.

Come molti uccelli migratori, Eklavya volava in India ogni novembre per sfuggire ai gelidi inverni della Russia e rimaneva fino a marzo. Gli piaceva viaggiare, ampliava i suoi orizzonti.

Volando alto, Eklavya si ricordò di un incidente avvenuto cinque anni prima. Era nella sua tana,[1] in attesa che la mamma tornasse con il cibo, quando vide due piccoli pettirossi che giocavano.

"Obbligo o verità?" chiese il primo pettirosso.

"La verità", rispose il secondo.

"Quanti vermi hai preso stamattina?"

"Cinque!"

"È una bugia!", disse il primo pettirosso. "Ora è il mio turno, mi sfido".

"Va bene", disse il secondo, "ti sfido a volare fino a quell'aquila e a salutarla!".

A Eklavya venne un'idea. Avrebbe incontrato il secondo pettirosso a metà strada! Non aveva ancora

---

[1] *Nido d'aquila*

iniziato le lezioni di volo, ma quanto poteva essere difficile? Facendo sbattere le sue ali giovanili, Eklavya respirò profondamente dalle sue piccole narici angolari. Avanzando, mise un artiglio davanti all'occhiello e guardò in basso. Rabbrividì. Il terreno sembrava un buco senza fondo.

Stava per lanciarsi in aria quando sentì un grido: "EKKU NOOO!". Per fortuna, è stato spinto nel nido in tempo.

"Phew, c'è mancato poco!", ha detto sua madre Ekta, tirando un sospiro di sollievo. "A cosa stavi pensando? Non sei ancora pronto a volare".

Eklavya imparò un'importante lezione: non fare mai il passo più lungo della gamba. Un giorno dovrà trasmettere la lezione al suo aquilotto.

"Per fortuna sono sopravvissuto per volare un altro giorno", pensava, mentre si librava nel cielo del deserto, da solo.

Obbligo o verità..... Una partita interessante per Kanna e Molu. Ammuma sapeva esattamente cosa stavano pensando!

F **Partiamo per la soleggiata Goa, per vedere le rane volanti di Anamalai dei Ghats occidentali. Sono arrivati lì per un'occasione speciale.**

La fanfara dei ranocchi di Freddie

Freddieera prontissimo! Stava per fare la proposta di matrimonio alla sua dolce metà Frida. Se lei fosse stata d'accordo, come Freddie sperava, lui avrebbe dovuto iniziare i preparativi per il matrimonio di corsa.

La sua mente corse alla prima volta che si erano incontrati. È stato amore a prima vista. La pelle verde smeraldo e i grandi occhi a forma di coppa di Frida erano così sorprendenti. Freddie decise immediatamente che era quella giusta per lui.

Freddie aveva fatto di tutto per rendere la giornata memorabile. Ha realizzato un anello di muschio e ha fatto suonare un'orchestra dopo aver fatto la proposta. Il menu era stato scelto con cura: una varietà di falene croccanti, deliziose libellule e grilli croccanti sarebbero stati serviti come antipasto. Il piatto principale è stato il Sorpotel Ragno piccante e il Recheado Roditore, completato dal dessert Bebinca. A Freddie viene l'acquolina in bocca solo a pensare al menu! Dopo tutto, il diavolo si nasconde nei dettagli!

Nel grande giorno, tutto si è svolto con la massima precisione: la cucina, le decorazioni, la musica. Freddie entrò in scena con stile, volando da un albero e lasciandosi cadere sul lilypad, portando con sé l'anello. Quando chiese a Frida di sposarlo, non ci fu un solo occhio asciutto tra il pubblico.

Frida disse "Sì" e Freddie gridò "Woo-hoo" di gioia, tra gli applausi di tutti.

E ora il gran finale. Freddie avrebbe cantato. In una frazione di secondo saltò sul ramo di un albero vicino. Il direttore della banda diede il segnale. Al momento giusto, l'orchestra ha iniziato a suonare.

"Jinga Jaenga Jinga Jaenga Jinga Jaenga Jing Jing Jing

Rampam Poey... Rampam Poe"

Freddie aprì la sua bocca di rana e, in un'esplosione di puro amore, si mise a cantare: ....croaked! Che cos'è stato? Seguì un silenzio attonito. Frida rimase a bocca aperta per lo shock. "Non dovrei più chiedergli di cantare", pensò. Per fortuna è passata una mosca che ronzava. Tempismo perfetto. Lo afferrò con un colpo di lingua. Gulp!

Proprio in quel momento, il ticchettio delle gocce di pioggia cadde sul pavimento. In pochi minuti l'intero terreno si è trasformato in grandi pozze di fango con le rane che volavano e si muovevano al ritmo delle piogge.

Tutti hanno dimenticato il disastro di Freddie. La pioggia si è rivelata a suo vantaggio, rendendo il fidanzamento di Froggie il migliore di sempre!

"Ma le rane non sono destinate a gracidare?" Chiese Molu, un po' contrariato dalla reazione di Frida. Kanna stava pensando al menu. Il sorpotel era uno dei suoi piatti preferiti, ma forse non con i ragni.

G Seguiteci nelle pianure gangetiche, attraversando le gole e raggiungendo il Santuario Nazionale di Chambal nel Madhya Pradesh, per incontrare i <u>Gharials</u>.

Gowri si prepara!

Gowrisi crogiolava al sole del pomeriggio, sulle rive sabbiose del fiume Chambal, aggiornandosi sulle ultime notizie. Lei e Gaby hanno mangiato un delizioso pasto a base di pesce. Ora aveva bisogno della vitamina D, perché aspettava dei bambini. Avevano trovato il punto perfetto per deporre le uova, proprio dove si trovava lei! L'acqua si muoveva in maniera lenta e pigra, come se stesse ammirando tutte le bellezze della natura, senza fretta.

Perché la prima pagina del giornale riportava sempre notizie tristi?

I **letti dei fiumi si prosciugano** , recitava un titolo. **Tutti i pesci sono stati ripescati!** ha gridato un altro, per i motivi che sono la pesca eccessiva e l'estrazione illegale di sabbia. Hmmm, questo è un pesce! Ne ha appena mangiato un po' a colazione. Gowri sfogliò le pagine fino alla sezione intitolata *Specie in pericolo nei santuari di Chambal*. La sua specie era in cima alla lista. Ha letto delle misure di conservazione per ridurre al minimo l'impatto dell'estrazione illegale di sabbia e dell'agricoltura sul letto del fiume. Sono state inoltre adottate misure per proteggere la tartaruga dal tetto rosso, creando abitazioni temporanee accanto ai loro siti di nidificazione.

Bene, le cose stanno cambiando. Gli esseri umani stanno finalmente facendo qualcosa per risolvere la situazione. Tirando un sospiro di sollievo, Gowri si preparò per il pisolino.

Si accoccolò nel suo posto al sole, sul punto di appisolarsi, quando avvertì un movimento sconosciuto. Oh, che fastidio! Chi può essere? In lontananza, la sua amica tartaruga Tarika si avvicinava a lei. Vedendola, Gowri si ricordò del giorno in cui si erano incontrate un paio di anni prima. Stava nuotando vicino al letto del fiume quando sentì un leggero solletico alla coda. Pensando che si trattasse di un pesce succulento, si girò rapidamente per prenderlo. *Blonk!* Aveva invece morso un duro guscio di tartaruga. Gowri è stata fortunata ad avere i denti intatti e Gaby ha riso fino a versare lacrime di coccodrillo!

Tarika, che sorpresa!". Esclamò Gowri, vedendo la sua amica. Tarika era raggiante mentre porgeva a Gowri un bouquet di splendidi fiori rossi di Palash e una scatola di Ber[2].

"Che pensiero gentile!" Gowri ha osservato, con il volto raggiante di gioia.

"Ho pensato di fare un salto. C'è una buona notizia: avrò dei bambini". Tarika ha annunciato.

---

[2] *Prugna indiana*

"Così siamo in due", ha commentato allegramente Gowri.

Si sedettero in riva alle acque dolci, condividendo le loro storie divertenti e ridendo finché il sole non sprofondò nelle gole portando con sé le sue ultime vestigia di tonalità arancione.

"Che strana amicizia, sono sicuro che nella vita reale Gauri avrebbe divorato Tarika", pensò Molu ad alta voce.
"Sì, ma il punto è fare amicizia con persone diverse da te!".
Ammuma era felice. Si sono lasciati coinvolgere dalle storie.

---

[1] *Prugna indiana*

H Nel Kashmir, la regione più gloriosa dell'India, sullo sfondo di montagne innevate, si svolge la nostra prossima storia di Hangul, il Cervo Rosso...

La casa alta di Hasan

Hasantese l'orecchio da un lato, pronto a scappare al minimo accenno di pericolo. Ha immaginato il rumore dei piedi che calpestano la neve? Nascondendosi tra gli alti alberi, Hasan vide la sagoma delle corna nella penombra. C'era solo un altro hangul che viveva nel suo quartiere.

"Armaan, sei tu?", sussurrò, facendo uscire dalla bocca un nebbioso spruzzo d'aria fredda blu.

Ci fu un silenzio inquietante prima che Armaan rispondesse: "Hasan, grazie al cielo sei salvo!".

Hasan era un "Hangul", il nome locale di un cervo rosso del Kashmir. Era alto un metro e mezzo dalle spalle e aveva magnifiche corna con 16 punte. Nel corso degli anni, Hasan aveva imparato a stare all'erta e ad affidarsi ai suoi sensi. Riusciva a schivare persino il leopardo delle nevi, ma la sua paura più grande era quella degli esseri umani. Erano imprevedibili e non seguivano le regole del mondo animale.

"Bentornato", disse Hasan con sollievo, uscendo dal suo nascondiglio per salutare Armaan.

Armaan era fuggito un anno fa quando i suoi amici

nella valle continuavano a sparire.

Sono stati attaccati dagli esseri umani. In seguito, gli hangul vennero a conoscenza di misure di conservazione che consentivano loro di vagare in sicurezza. A quel punto hanno iniziato a tornare.

"Ci sono notizie degli altri cervi?" Ha chiesto Armaan. Gli mancava la sua casa, le montagne, i fiumi e le valli.

"Ho sentito che stanno bene e che torneranno presto per il 'raduno Hangul' qui a Dachigam", ha detto Hasan.

I due amici persi da tempo avevano molto da recuperare. Hasan e Armaan hanno avuto le loro divergenze e hanno anche litigato pesantemente, scontrandosi una volta per la bella Heena! Fa parte della crescita.

"Sei appena in tempo per la cena. Vieni, mia madre sarà felice di vederti. Possiamo parlare davanti a una tazza calda di Kahwa".

Hanno camminato fino alla casa di Hasan, in cima alle montagne. Un trilione di stelle scintillavano la loro approvazione sulla riunione degli amici, nel paradiso bianco-argenteo.

Un paio di occhi verde smeraldo fissarono senza batter ciglio da dietro gli alberi. Il leopardo delle nevi osservò i due hangul mentre salivano. Sapeva che Hasan era veloce nel percepire il pericolo. Avrebbe dovuto aspettare il momento giusto....

"Voglio andare in Kashmir e vedere un Hangul", disse Kanna malinconicamente.
"Anch'io", ha aggiunto Molu. "Adoro le sue corna. Dove siamo diretti adesso?" "Dipende da dove vuoi andare con il tuo jumbo trail", rispose Ammuma.

Spostandoci nell'India occidentale, il nostro prossimo racconto è ambientato nelle foreste Gir del Gujarat, dove i <u>leoni indiani/asiatici</u> vagano liberi e selvaggi.

L'idea impetuosa di Izzy

Izzy scivolò dall'albero e cadde sul fondo. Mentre le sue sorelle erano a caccia di allenamento con la mamma, lui preferiva esplorare altre opzioni. Un ultimo tentativo, pensò Izzy, e iniziò la salita. Un paio di scimmie impiccione lo osservavano con attenzione e scuotevano i rami per distrarlo. Le foglie solleticarono le narici di Izzy.

"Aaah Aaah... Achooooo!!!" Ops! Izzy perse l'equilibrio e cadde di nuovo con un tonfo. Quando si alzò, guardò dritto nel volto severo del padre. Oh, cavolo! Izzy era in grossi guai. Zia Ira rimase indietro con un'espressione preoccupata sul volto.

"Izzy, perché non sei con le tue sorelle per la caccia di prova?" Indra chiese.

"Io... io...". Izzy balbettò.

"È vero, hai sbagliato", disse Indra. "I leoni non si arrampicano sugli alberi. Non c'è niente di tutto questo per noi. Sei fortunato a non esserti fatto male. Corri subito".

"Ma papà, potrei solo....".

La risposta di Indra fu un potente ruggito che rimbombò nella foresta. Una vicina mandria di sambar drizzò le orecchie, pronta a scappare. Le scimmie che stavano ridacchiando per la caduta di Izzy si sono ammutolite. Un'otarda indiana, che stava cercando insetti, è volata via spaventata. Izzy si rannicchiò per la paura.

Il padre di Izzy, Indra, era conosciuto in tutto il mondo per la sua forza e per il suo enorme branco di leoni. Pur essendo un leone possente, non poteva resistere agli attacchi degli esseri umani né difendersi dalla perdita del loro habitat. Per molti anni, i leoni asiatici hanno potuto vagare in lungo e in largo. Oggi sono costretti a rimanere nelle foreste del Gujarat sudoccidentale perché l'uomo ha occupato la maggior parte del loro spazio. È stato ingiusto!

"Non essere così duro con Izzy", disse Ira. "Un giorno seguirà le tue orme". Ira ha cercato di alleggerire il momento. Indra grugnì.

"Le vostre tre cacciatrici si dimostrano già molto promettenti. Non dovrete preoccuparvi del cibo; facciamo noi tutto il lavoro duro", ha detto Ira.

"È vero", concordò Indra con un leggero sorriso. "Ma proteggo il mio orgoglio, che è anche un lavoro duro; Izzy imparerà da me". Guardò il figlio che era imbronciato sotto l'albero. Forse Ira aveva ragione. Izzy imparerà quando sarà il momento.

"Bene, un'ultima volta e poi via", disse Indra. Non appena ebbe terminato la frase, Izzy iniziò ad arrampicarsi sull'albero. La sua idea impetuosa potrebbe funzionare, dopotutto!!!

"*Izzy è fortunato che suo padre non si sia arrabbiato troppo con lui*", disse Molu con sollievo.
"*Sì, bisogna esplorare le opzioni!*". disse Kanna, ed entrambi risero.

J Il nostro prossimo percorso è su un mezzo di trasporto diverso: siamo diretti alle isole Andamane meridionali, dove si trovano i <u>toporagni di Jenkins</u>.

L'allegro giubileo di Jancy

Jancy aprì la porta della sua casa al mare. "Mamma sono a casa!", gridò eccitato mentre un soffio di aroma meraviglioso gli arrivava alle narici.

"Preparati, figliolo", disse mamma Julie. "Il nostro portico ha bisogno di un piccolo ritocco".

Per tutto il pomeriggio, i fratelli di Jancy, Jim e Joe, hanno lavorato per preparare la sua festa di compleanno, gonfiando palloncini, preparando tavoli, organizzando playlist musicali e il tocco finale: una cabina per le foto.

Alle 17.00 cominciano ad arrivare i suoi amici. Oltre ai colleghi topi, aveva invitato due amici pennuti speciali dalle isole vicine. Poiché il trasporto non era un problema, Nina, il piccione di Nicobar, e Natty, il bucero di Narcondam, sono arrivati volentieri. Come lui, anche loro erano in pericolo e raramente socializzavano. Sarebbe bello incontrarsi.

Mamma Julie mise sul tavolo gli stuzzichini per la festa. Al centro è stato posto un piatto di cubetti di formaggio. Accidenti! Jancy trasalì. Il formaggio ha fatto scattare un ricordo spaventoso. Durante una delle sue uscite notturne, un profumo invitante ha condotto Jancy nel cortile di una casa umana. Gli avanzi erano ammassati in un angolo accanto al sacco della spazzatura. Strano. Di solito erano *nel* sacco della spazzatura. Poi lo vide: il formaggio! Jancy si diresse avidamente verso di essa, quando qualcuno emise un grido di allarme. Sarebbe caduto in una trappola se Nina, il piccione di Nicobar, non lo avesse avvertito!

"Che la festa abbia inizio", cinguettò Joe mentre Jim metteva la musica. Jancy saltellava allegramente mentre gli uccelli gli giravano intorno, assecondando le sue mosse. Il cielo si stava colorando di arancione, facendo scintillare le loro piume nel tramonto. Mamma Julie ha tirato fuori la torta a forma di isole Andamane. Gustoso! Natty ha guidato il jingle.

"Perché è un buon Jancy, questo è vero e chiaro come possiamo vedere

È un bisbetico allegro, sono sicuro che sarete tutti d'accordo!".

Tutti hanno mangiato una porzione generosa della deliziosa torta. È arrivato il momento di fare qualche foto al photo booth. Che bello lo sfondo del mare e del sole al tramonto!

. "Dite Cheese", squittì Nina, strizzando l'occhio a Jancy che ricambiò l'occhiolino. In lontananza, Jancy vide un muso familiare spuntare dal mare. Era la sua immaginazione? All'improvviso Divya, il suo amico delfino, è saltata in aria facendo il suo fischio e spruzzando acqua su tutti gli ospiti!

"Buon compleanno Jancyyy!" È stato un giubileo davvero allegro.

"Che festa! Voglio una cabina per le foto per il mio compleanno", sospirò Molu, con desiderio.
"E voglio una festa in spiaggia", ha aggiunto Kanna, "con tanti popcorn e salsicce". Ammuma ha lasciato che discutessero delle loro feste da sogno prima di spegnere le luci.

K Molto più a nord, nel Punjab, si aggira il capriolo dal cuore coraggioso o "Kala Hiran" nel santuario della fauna selvatica di Abohar, dove ci dirigiamo per il nostro prossimo racconto.

I parenti gentili di Kuldeep

Kuldeep non ha chiuso occhio. Si è rigirato per tutta la notte, aspettando con ansia l'alba. Quale potrebbe essere il motivo?

Qualche giorno fa, Kuldeep era tornato a casa in lacrime.

"Cosa c'è che non va puttar[3]?" chiese ansioso il nonno Kiranjit. Kuldeep era un hiran così felice che a Kiranjit si spezzò il cuore nel vedere il nipote singhiozzare.

"È vero che la nostra specie sta diminuendo Dadu? Il mio amico Karan mi ha detto di aver perso i suoi cugini. Sono stati presi di frodo". Kuldeep annusò mentre i suoi occhi si riempivano di nuove lacrime. Kiranjit fu colto di sorpresa.

"Ecco, ecco. Non c'è da preoccuparsi. Ora abbiamo molti luoghi sicuri creati dagli esseri umani", ha risposto Kiranjit nel modo più onesto possibile. Kuldeep sembra confortato da questa notizia. Kiranjit ebbe un'idea per rallegrare il nipote.

"Perché non facciamo qualcosa di diverso questo fine

---

3 *Termine affettuoso per indicare un bambino*

settimana? Che ne pensate di una visita all'Harike Bird Sanctuary? Inizieremo alle prime luci dell'alba".

Non c'è da stupirsi che Kuldeep non riesca a dormire! Prima ancora che gli uccelli iniziassero a muoversi, Kuldeep era sveglio e con gli occhi spalancati dall'eccitazione. Durante il tragitto, videro un'alba straordinaria. Era come se il sole non riuscisse più a trattenere i suoi raggi e li spruzzasse nel cielo, trasformandolo in una tela colorata!

Il santuario degli uccelli di Harike era al di là di ogni immaginazione di Kuldeep. C'erano migliaia di uccelli che tubavano e gracchiavano, fischiavano e schiamazzavano, alcuni decollando, altri atterrando, alcuni volando in modo schematico, altri litigando per il cibo. Ha letto ad alta voce i nomi di diverse specie dall'elenco sulla lavagna.

"Sterne dal ventre nero, Gabbiano reale, Anatra fischiatrice minore, Fringuello baffuto,... un uccello con i baffi e un'anatra fischiatrice!". Che fascino!

La testa di Kuldeep oscillava su, giù, a sinistra, a destra; i suoi occhi andavano in tutte le direzioni contemporaneamente. In un'unica gigantesca picchiata, centinaia di anatre Pochard dal ciuffo rosso si sono tuffate in acqua, trasformando la zona umida in una fontana danzante. Che esperienza incredibile! "Immaginate, questi uccelli migratori sono arrivati in volo dalla Siberia". Dadu ha detto.

Kuldeep belò di gioia e si strofinò la testa contro il nonno.

"Fantastico Dadu, un parco di uccelli così grande per farli giocare". Dadu era il capriolo più gentile che ci fosse. Quella notte Kuldeep scivolò in un sonno profondo e gioioso, sognando di volare con gli uccelli e di tuffarsi con le anatre. Whoosh! Whizz! Wirrrr!

"Anche io sognerò di volare con gli uccelli", sospirò Molu con uno sguardo sognante negli occhi. La mente di Kanna correva a mille. L'indomani mattina avrebbe dedicato un po' di tempo alla ricerca di questi uccelli..

L Il nostro percorso Jumbo ci porta ancora una volta nelle foreste pluviali della Silent Valley in Kerala, dove incontriamo il <u>macaco dalla coda di leone</u>.

La vita fortunata di Lila

Lila oscillava da un ramo all'altro, in un pomeriggio umido.

"Cosa c'è di così speciale in noi Amma?" Lila chiese alla madre, senza aspettare una risposta. Lila sapeva perché era speciale. Aveva sentito dire che erano uno dei pochi primati della loro specie rimasti al mondo. A parte qualche umano che di tanto in tanto li visitava per fissarli, non venivano quasi mai disturbati nella foresta.

"È la centesima volta che mi fai questa domanda", sbuffò irritata sua madre Lalita. "Lila... dove stai andando?"

"Tornerò prima del tramonto, Amma, te lo prometto". Lila strillava, mentre roteava la sua lunga coda e scivolava dolcemente sull'albero successivo.

"Presto pioverà. La tua criniera argentea si inumidirà". Lalita non era contenta di Lila. Perché non poteva prendersi cura della sua splendida criniera?

"Aiyooo, cosa devo fare con lei?" Lalita borbottò, scuotendo la testa e tornando a grattarsi le gambe.

Lila scomparve nella foresta. I suoi amici Neeli, il

langur Nilgiri, e Benny, il macaco Bonnet, l'avrebbero aspettata presso il fiume Kunthi. Insieme andavano a raccogliere la frutta per il loro spuntino speciale "Vediplavu",[4] un tipo di jackfruit. Il nome è un po' riduttivo, ma chi se ne frega, la frutta è così succosa e ce n'è in abbondanza. A quaranta metri d'altezza e con la pancia piena di frutta, Lila si è socchiusa le labbra e ha sospirato soddisfatta.

"Sapete cosa c'è di diverso in questa foresta?" Chiese Neeli, ruttando rumorosamente.

"Cosa?" Benny si stava dondolando dal ramo dell'albero, facendo qualche scherzo da scimmia.

"Tre ipotesi", ha detto.

"I leopardi sono amichevoli?"

Neeli scosse la testa.

"Le scimmie non hanno i pidocchi nei capelli?"

"Euuu no"

"Qui i cervi si arrampicano sugli alberi".

"Uff! No! ...... E' la mancanza di suono, idiota! Non ci sono cicale rumorose[5] qui intorno. Per questo è chiamata la *Valle del Silenzio*. Duh!" Disse Neeli, alzando gli occhi al cielo.

Lila ridacchiò. Le piaceva la conversazione. I tre avevano abilità simili, soprattutto nell'arrampicarsi sugli alberi, eppure erano diversi per dimensioni, forma

---

[4] *Specie vegetali nelle foreste sempreverdi*
[5] *Insetti che fanno rumore sfregando le zampe tra loro*

e caratteristiche. Poi si rivolgeva a Mani, lo scoiattolo di Malabar, che indicava loro dove si trovavano i frutti di jack maturi.

Una bella casa, grandi amici, cibo delizioso..... sì, Lila si sentiva davvero fortunata!

"Domanda trabocchetto. A proposito di cervi, chi è venuto prima, il cervo Sambar o il piatto Sambar?" Chiese Kanna, con gli occhi che brillavano maliziosi.
"Eh?" Molu si gratta la testa, mentre Ammuma fa una risata di cuore.

[1] *Specie vegetali nelle foreste sempreverdi*
[1] *Insetti che fanno rumore sfregando le zampe tra loro*

M Ci spostiamo verso l'India centrale, nella Riserva delle tigri di Udanti Sitanadi, nello stato di Chhattisgarh, dove viene avvistato il <u>cervo topo.</u>

Il momento magico di Meera

Meera, il cervo topo, stava tornando al suo luogo di nascita, la foresta di Udanti. Era minuscola rispetto alle altre specie di cervi, come un bottoncino marrone, così carina ma facile preda dei predatori. Il viaggio dalla riserva delle tigri di Tadoba a Udanti sarebbe stato rischioso, ma Meera doveva seguire il suo cuore.

"Quindi pensavi di potertene andare senza dircelo?" disse Bittu, accigliato. Era un bufalo selvaggio, il suo compagno di peso. "Ci stiamo aggregando. Ti proteggerò e quando sarai stanco ti porterò in spalla". Bittu aveva un'aria così seria che Meera non ebbe il coraggio di rifiutare.

"Bittu ha ragione e io avrei bisogno di cambiare posto", disse l'altro amico, Sonu, il cervo sambar. "Inoltre, devo trovare una compagna".

"Spiccheremo come un pollice dolente", disse Meera ridendo. "Un bufalo selvatico, un sambar e un cervo topo a cavalcioni!". In effetti, sarebbe una strana combinazione.

I tre partono dopo il tramonto, approfittando del buio. Dovevano essere sempre all'erta. L'enorme stazza di Bittu e le sue spaventose corna potevano allontanare persino Maya, la tigre più feroce, che si aggirava come una maharani! Anche Sonu potrebbe fare buon uso delle sue corna a tre punte quando necessario, ma che dire degli umani? Hanno attaccato con armi letali. Questo era un problema eterno!

Dopo una lunga e faticosa camminata, i tre hanno raggiunto la foresta di Udanti all'alba. "Kiki-riku kiki-riku!", tubava un bulbul. Da un ramo vicino un pappagallino rispose: "Chichi-yuii chichi-yuii!". Un paio di scimmie smisero di farfugliare per dare un'occhiata ai nuovi arrivati. Dietro gli alberi fa capolino timidamente una femmina di sambar. Uno scoiattolo volante sfrecciò dal ramo di un albero, spargendo su Meera i fiori di campo sparsi. Ad uno ad uno, la vita della giungla uscì per salutare i nuovi arrivati.

Il cuore di Meera batteva all'impazzata. Finalmente a casa! Si voltò verso i suoi amici.

"Questo va oltre il mio.... Dov'è Sonu? Dove è andato?"

Bittu fece un cenno verso gli alberi. Sonu stava offrendo alcune bacche alla femmina di sambar. È stato veloce!

"Sembra che abbia trovato la sua compagna!". disse Bittu, con un ampio sorriso.

Per Meera, gli odori inebrianti della foresta e la calda accoglienza sono stati davvero un momento magico.

C'è stato silenzio quando Ammuma ha terminato questa storia. L'unico altro suono era quello dei grilli all'esterno. Una leggera brezza soffiava attraverso la finestra aperta. I bambini sospirarono soddisfatti, sentendo la gioia di Meera.

N Arroccato sulla cima del Parco nazionale di Mukurthi, nella Biosfera di Nilgiri, nel Tamil Nadu, il nostro racconto ruota attorno al <u>Nilgiri Tahr</u>. Andiamo lì.

La nicchia Nippy di Nimmi

Nimmitrotta in ritardo. Trit-trot, trickety-trot, si fa strada lungo l'insidioso sentiero. Nell'aria aleggia il profumo degli eucalipti. Una folata di vento freddo trafigge i pensieri di Nimmi. Spazzolando gli arbusti dalla sua schiena grigio fulvo, si dirige verso casa.

A 8000 piedi di altezza, la casa di Nimmi offre una vista a 360 gradi sui Nilgiris, le splendide montagne blu. Le nuvole sembrano panna montata su cieli azzurri. Giorno dopo giorno, Nimmi osserva divertita e talvolta annoiata la folla di umani che si arrampica sulle colline. Sembrano formiche impazzite! Fa attenzione a non farsi notare, anche se in alcune occasioni è dovuta scappare alla loro vista.

A casa, due care amiche di Tahr, Mili di Munnar e Aditi di Annamalai, arrivano in tempo per il tè. Nimmi ha scelto le migliori foglie di tè e le erbe più pregiate per i bocconcini.

"Che vista mozzafiato!" Mili ansima, sia per l'emozione che per il fiatone dopo la ripida salita. Sebbene i Tahr siano agili per natura, Mili è piuttosto goffa. Mentre saliva, era scivolata sul terreno roccioso ed era atterrata con un tonfo, con le gambe per aria. Fortunatamente non c'era nessuno ad assistere alla sua caduta. Questo è ciò che pensava, ma un bisonte che pascolava lì vicino si è fatto una bella risata.

"Nimmi, il tuo giardino, ha un aspetto e un profumo paradisiaco!". Dice Mili, ansimando per lo sforzo di essere ancora più prudente. Un gruccione dalla barba blu cinguetta in accordo.

"Davvero mozzafiato!" Aditi bela.

"Sono entusiasta di avervi entrambi qui!". dice Nimmi, versando loro una pentola di tè caldo e un vassoio pieno di erbe aromatiche e germogli di bambù fresco. Mili si avvicina al bordo del giardino per annusare le rose.

"Ora, secondo me, questa patch....Aaaaah!". Scivola e atterra sulla schiena, con le gambe che si agitano nell'aria. Povera Mili. Non di nuovo!

Nel pomeriggio, i tre tahrs si aggiornano sulle ultime notizie.

"Com'è il tempo ad Anamalai, Aditi?" Chiede Nimmi.

"Piuttosto caldo in questi giorni. Dicono che il colpevole sia il cambiamento climatico".

"E di chi è la colpa?" La domanda di Nimmi è l'argomento di discussione.

Parlano fino a quando le tinte indaco[6] del crepuscolo abbracciano i Nilgiris in un sonno tranquillo.

---

[6] *colori*

"*Conosco una persona maldestra come Mili*", *disse Kanna guardando Molu con la coda dell'occhio. Fece finta di ignorare l'osservazione.*

SPOSTIAMOCI VERSO LE COSTE ORIENTALI DELL'ORISSA DOVE SI SVOLGE LA NOSTRA STORIA DEL
<u>**Le tartarughe Olive Ridley**</u> hanno luogo.

Operazione in corso di Onjali

Il viaggio di **Onjali** verso la foce del fiume Rushikulya era stato tranquillo, privo di interazioni umane. A quanto pare, un'influenza mortale li ha tenuti chiusi in casa. Oh, beh, se si interferisce con la natura, ecco cosa succede. Onjali rivolse il pensiero alla sua tribù- centinaia di tartarughe Olive Ridley si stavano avventando verso le coste del mare.

Anche i suoi amici, Ojal e Olly, hanno viaggiato per qualche migliaio di chilometri con lei. Era la stagione della nidificazione ed erano tornati per le arribadas[7].

"Prendiamo fiato e aspettiamo gli altri", disse Onjali, facendo una pausa.

"Che viaggio!" Ojal sospirò, asciugandosi il sudore dalla fronte e facendo segno ai suoi amici di riposare un po'. La maggior parte di loro ha affrontato il viaggio dallo Sri Lanka, nel sud del Paese. Altre tartarughe si muovevano a passo di lumaca per lo sforzo di trasportare le uova. Finalmente erano a casa, nello

---

[7] *termine spagnolo usato per indicare la deposizione in massa delle uova da parte delle specie di tartarughe.*

stesso punto in cui erano arrivati l'anno precedente.

"Ah! Il familiare odore dolce e salato del mare", allitterò poeticamente Olly [8] facendo un respiro profondo. Ojal seguì il suo sguardo e fece lo stesso, respirando con riverenza.

Era la fine di marzo. Il periodo di nidificazione durava due mesi dopo la deposizione delle uova. Onjali e le sue amiche erano impegnate a prepararsi per l'arrivo dei loro bambini.

"Avete pensato ai nomi dei bambini?" Olly chiese ai suoi amici.

"No, aspetterò che si schiudano", ha detto Onjali. Ojal annuì in segno di assenso. Il suono rilassante del mare si fondeva con il cinguettio delle loro chiacchiere. Si è discusso dei programmi di conservazione delle tartarughe, come l'*operazione Kachappa*[9], che ha avuto successo.

"Suppongo che ci siano degli esseri umani buoni là fuori che si prendono cura di noi", ha detto Ojal. Si sentivano gratificati dagli sforzi dell'uomo per proteggere i loro siti di nidificazione.

Alla fine di maggio, le tartarughe si sono schiuse dalle uova. Non tutti avrebbero avuto la fortuna di sopravvivere, ma quelli che ce l'avrebbero fatta avrebbero portato avanti la loro eredità.

---

8 *Stessi suoni all'inizio di più parole insieme*
9 *La Wildlife Protection Society of India (WPSI) ha avviato un'iniziativa per proteggere le tartarughe*

"Non è uno spettacolo incredibile?" Onjali mormorò, sentendosi stordita dalla felicità mentre guardava centinaia di piccoli schiudersi verso il mare.

La luce della luna che brillava sulle loro spalle la faceva apparire come un riflesso della galassia, scintillante di un milione di stelle. Quanto è bello il nostro universo!

"Immaginate di tornare ogni anno nello stesso punto! Incredibile!" Ammuma ha detto. I bambini erano persi nei loro pensieri. Le tartarughe avevano un GPS interno?

P Diamo un'occhiata all'uccello nazionale, il <u>pavone</u>, in azione. Passeggiamo nei Lodhi Gardens della capitale Delhi.

I pennacchi perfetti di Prem!

Premera il ragazzo di cioccolato del suo quartiere. Il pavone più bello in assoluto, e lui lo sapeva. La modestia non era una delle virtù di Prem. All'alba lo si poteva vedere aggirarsi nei giardini di Lodhi in un ruolo di manager autoproclamato.

Prem trovava esilarante il fatto che gli umani che frequentavano questi giardini spesso correvano dietro a nulla in particolare. Questo, ha imparato, si chiamava jogging. Oppure si contorcevano in posizioni strane. Lo chiamarono "Yoga", un'antica pratica indiana. Umani! Mi chiedo cosa passi per la loro testa.

Prem amava pavoneggiarsi in un punto privilegiato, fare un piccolo fremito prima di aprire drammaticamente i suoi pennacchi[10]. Ta-da!

Wow! La profusione di blu, blu indaco, blu turchese, blu cielo, blu marina, era davvero uno spettacolo da vedere. Le tonalità vibranti hanno abbagliato il suo pubblico, mandandolo in visibilio. Si è preso le luci della ribalta. Piyush non ha avuto questa fortuna.

"Che esibizionista!" Piyush si schernì guardando

---

[10] *piume*

l'intero dramma da un albero di Champa. Invidiava segretamente Prem.

"Qual è il tuo problema? Se il ragazzo si emoziona con le sue mosse, perché no?" Prabhat ha risposto. Guardava le cose in modo positivo.

"Perché dovrebbe compiacere gli umani? Ci fa sembrare stupidi". Disse Piyush, imbronciato.

"Oh boo-hoo! Non tutti ballano per piacere agli altri. A volte si vuole fare qualcosa per se stessi. Inoltre, il pavone ha stile!". Prabhat lo zittì.

Nuvole scure e minacciose minacciavano di scatenare le loro acque sui Lodhi Gardens. Non passò molto tempo prima che gli esseri umani si mettessero in cerca di un riparo. Sotto l'acquazzone, Prem è rimasto solo e si è preparato per iniziare la sua routine.

"Questa è la nostra occasione. Cogliamo l'attimo!". Prabhat disse e volò verso Prem. "È l'ora dello spettacolo!", urlò sopra le docce.

Quella mattina, mentre le nuvole si aprivano e le piogge si abbattevano, tre pavoni aprirono i loro squisiti pennacchi e si lanciarono in una danza scintillante, scuotendo orgogliosamente le loro piume al ritmo delle piogge. Mentre gli esseri umani si sono messi al riparo, sono arrivate le gallinelle d'acqua per assistere a questo spettacolo mozzafiato!

Questa volta, Prem non era l'unico a cui erano interessati.

"*Ehi, mi piace l'atteggiamento di Prabhat, sembra un tipo in gamba!*". Ha detto Kanna.
"*Spero che i pavoni non siano in via di estinzione*", ha detto Molu ricordando un bazar durante una festa locale in cui si vendevano piume di pavone.

Q ANDREMO A MUSSOORIE, DOVE UN TEMPO VIVEVANO LE QUAGLIE HIMALAYANE. NON SONO STATI AVVISTATI DA OLTRE UN SECOLO A CAUSA DELLA CACCIA ECCESSIVA.

La ricerca silenziosa di Quila

A **Quila**il posto sembrava familiare. Da ore girava in tondo, appollaiata su diverse cime di alberi, con la testa che si alzava e si abbassava mentre scrutava con attenzione il luogo. C'era un senso di Deja Vu,[11] ma non riusciva a definirlo. Dov'era l'albero cespuglioso in cui si nascondevano?

Fece un respiro profondo e inspirò gli odori inebrianti della foresta himalayana. L'ha trasportata in un lontano ricordo sbiadito che aveva seppellito nella sua testa, per paura di farlo riaffiorare. Ma oggi ha lasciato che i suoi pensieri vagassero sul viale dei ricordi.

Quila e il suo compagno Quinosh avevano attraversato queste stesse montagne molti anni fa. Nella zona pedemontana si trovava un bellissimo lago a forma di occhio. Volavano a bassa quota sulle sue acque, sfiorando di tanto in tanto la superficie e immergendo a turno le ali nelle acque gelide.

Non è stato facile individuarli. Erano entrambi terribilmente timidi. Il più delle volte si nascondevano

---

[11] *la sensazione di aver già vissuto la situazione attuale*

alla vista. Ma quando sono usciti, è stato facile distinguerli. Quila aveva il becco giallo e le zampe gialle, mentre Quinosh aveva il becco rosso e le zampe rosse! È come se fossero fatti l'uno per l'altro. La vita era bella.

Le colline erano molto più tranquille allora, pensò Quila. Ascoltò il richiamo del tordo ridente che volava da qualche parte nelle vicinanze. Un rampichino dal piumaggio piuttosto spento si aggirava intorno all'albero accanto. Non sembra aver notato Quila. Da un ramo vicino si udì un cinguettio acuto. Lo sguardo di Quila seguì il suono. Un Monal himalayano la guardò con una strana espressione, come se cercasse di leggere nella mente di Quila. Quila percepì l'ansia dell'uccello.

Un suono sgradevole si diffondeva nel bosco, diventando sempre più forte ad ogni secondo. Il piccolo cuore di Quila correva come i cani che abbaiavano. Sentì lo scalpiccio di piedi umani, poi all'improvviso un forte BANG!

Nella foresta calò il silenzio, quasi assordante per Quila. Colpita da un'improvvisa consapevolezza, volò fino al salice piangente vicino al lago e si sedette sul ramo più alto. Tutto le tornò in mente. Si ricordò perché quel posto le sembrava familiare.

Era alla ricerca di Quinosh.

Quando Ammuma ha terminato il racconto, si è fatto un silenzio silenzioso.

"Quila era un fantasma?" Molu chiese dolcemente, sbattendo le palpebre.

"Cosa te lo fa pensare?"

"Non so, gli uccelli sembravano un po' spaventati ....".

"Lo lasciamo alla tua interpretazione", disse Ammuma con tenerezza.

R Le foreste di Kaziranga, nell'Assam, sono famose per il <u>rinoceronte unicorno</u>. Andiamo sul nostro percorso Jumbo per il prossimo racconto....

Lo zaino Ruddy di Ruhi

Ruhisi è svegliata presto, con una marcia in più. È stato il *Kaziranga Kinetic Kiddos Day*. Ruhi si era iscritta alla corsa dei sacchi.

"Perché ti sei sottoposto a questa sofferenza? Che ne dici del sollevamento pesi, del lancio del disco o di qualsiasi altro sport in cui non devi infilarti in un sacco e saltare in giro?", ha detto nonna Radha. Non voleva calpestare i sogni del suo vitello, ma questo era ridicolo!

"Lasciala provare Aayi", disse papà Raj, "non vogliamo che si arrenda ancora prima di iniziare". È lo spirito che conta".

Raj e Rani sono arrivati presto per ottenere un buon posto nelle praterie di Kaziranga.

"Una bella folla, eh?" Raj si guardò intorno e fece vibrare il suo corno di 18 pollici. È stato incoraggiante vedere molti rinoceronti ora. La loro popolazione è aumentata negli ultimi tempi. Gli esseri umani li hanno protetti dal bracconaggio.

Nell'accampamento della corsa dei sacchi c'erano Gina, il gaur, Babloo l'orso e Robby, l'amico di Ruhi. Che assortimento di partecipanti!

Nella foresta si respirava un'aria di festa. Diverse bancarelle vendevano popolari snack locali. Una lunga fila si snodava verso la bancarella dove Gogoi Sunny, il Grande Aiutante Cicogna, vendeva i suoi famosi ghiaccioli. Si diceva che i suoi sapori, come la sua specie, fossero unici nel loro genere. Ruhi avrebbe voluto prendere uno di quei deliziosi lecca-lecca, ma doveva concentrarsi sulla sua tecnica. Erano i prossimi.

"Al vostro segnale. Imposta. Vai!"

Ruhi saltò in avanti con una spinta decisa. Ha mantenuto l'equilibrio nello zaino. Gina era in netto vantaggio; per essere un gaur, era piuttosto agile. Con la coda dell'occhio Ruhi vedeva Robby che sbuffava per lo sforzo di saltare. Improvvisamente Robby inciampò, cadendo a terra sul naso. Ahi! Questo fa male.

Veloce come un lampo, Ruhi ha tirato su uno stordito Robby dicendo: "Dai, facciamolo insieme". La folla ha applaudito i due mentre saltavano e grugnivano verso il traguardo, mano nella mano.

Due sorprese attendevano Ruhi. Una raggiante nonna Radha ci aspettava a braccia aperte al traguardo. Il secondo era una porzione extra-large di lecca-lecca di Sunny!

Come ha detto il papà di Ruhi quella mattina: "È tutta una questione di spirito di gioco!".

"*Chi dice no ai ghiaccioli?" Chiese Molu, in tono scioccato.*

"*Beh, è stata premiata per la sua pazienza, no?" Ammuma le ha ricordato.*

S Ci spostiamo sulle montagne innevate della valle di Spiti, nella regione himalayana, famosa per il <u>leopardo delle nevi</u>.

La splendida notte di Sundari illuminata dalle stelle!

Sundari guarda il suo riflesso e fa le fusa dolcemente. È il più bel leopardo delle nevi di tutto lo Spiti. La sua pelliccia color crema punteggiata di rosette nere forma motivi geometrici fino alla coda folta. Ha anelli perfetti sulle zampe imbottite di pelo che sembrano racchette da neve di design. Il suo naso rosa e i suoi occhi blu turchese sembrano essere stati plasmati dal limpido torrente dell'Himalaya, dalla punta del ghiacciaio di Gangotri. Oh sì, è bellissima, ma c'è un problema. Sundari si sente sola. Non ha amici.

Sundari sale fino al suo luogo preferito, a 18.000 piedi di altezza, che domina la valle dello Spiti, piena di rododendri, viole mammole e papaveri blu. È magico quando il sole al tramonto dipinge il cielo con brillanti tonalità di viola, rosa e indaco. È un buon posto per andare a caccia di pecore blu, il cibo preferito di Sundari. Questo è anche il luogo in cui giocavano per ore alla "caccia al tesoro" e ai lanci di "palle di neve". Sigh!

Sundari è persa nei suoi pensieri. Le mancano i momenti di divertimento con i suoi amici.

Flop! Una chiazza di neve si abbatte sul viso di Sundari. Chi è stato? Sente uno scalpiccio provenire da dietro la roccia coperta di neve. Shalimar! La sua amica d'infanzia, con la quale giocava alla caccia al tesoro e alle palle di neve. Se ne era andato all'improvviso senza salutare. Shalimar le si avvicina. La sua pelliccia presenta motivi simili, ma i suoi occhi sono verde smeraldo, molto attraenti!

"*Cucù!*", dice Sundari e gli lancia una palla di neve.

"Haha Sundari, ti ricordi". Shalimar ride e le regala un bouquet di azalee rosa e magenta.

"Anche tu te lo ricordi!". Sundari miagola. Sono i suoi fiori selvatici preferiti.

Per rompere il ghiaccio non c'è niente di meglio di una buona dose di risate su divertenti ricordi d'infanzia. Si aggiornano sulle notizie. Shalimar spiega di essere partito perché il cibo scarseggiava e la sua ricerca lo aveva portato lontano.

Sundari e Shalimar siedono a guardare il glorioso tramonto che tesse il suo incantevole incantesimo nel cielo dell'Himalaya. Le stelle appaiono una dopo l'altra, una sbirciatina qui, uno scintillio là, fino a illuminare gradualmente l'immensa distesa del cielo. I fiocchi di neve cadono dolcemente, ricoprendo la valle e trasformando Spiti in un paese delle meraviglie invernale. Che giornata perfetta per le fusa!

"*Come mai i leopardi delle nevi sono in pericolo di estinzione?*" *Chiese Kanna.*

"*Perché il cibo scarseggiava per Shalimar?*" *Si chiedeva Molu.*

"*È quello che dovrete scoprire*", *ha detto Ammuma.*

T Nelle profondità della giungla di Sunderbans, nel Bengala occidentale, si svolge la storia della <u>tigre del Bengala</u>.

Il piccolo colpo di scena di Tej

Tejsi accovacciò furtivamente, proprio come aveva visto fare spesso a mamma. Una mossa falsa e l'uccello della giungla si allontanava rumorosamente. Questa sarebbe la fine della colazione di Tej.

Stava ancora risentendo degli scherni delle sorelle. Unico maschio di una cucciolata di tre, Tej era costantemente preso in giro da Tara e Tanvi. A sei mesi, tutte e tre le tigri erano diventate bellezze notevoli, ognuna con il suo caratteristico manto a strisce arancioni e nere. Quando i raggi del sole cadevano su di loro, era come se avessero un proprio riflettore. brillavano come il fuoco!

Tej voleva dimostrare alle sorelle di essere in grado di cacciare quanto la mamma. Si allontanò silenziosamente per non svegliarla. I germogli di bambù lungo il fiume di marea fornivano una copertura perfetta. A parte qualche scimmia chiacchierona e il suo nuovo amico lontra, non c'era nessuno in giro. Qualche giorno fa, allontanandosi nelle paludi, aveva incontrato Orup, la lontra. Come si sono divertiti insieme! Quando tornò a casa, la mamma passò un'ora a leccargli il pelo, poi gli fece una lezione di igiene.

Orup salutò Tej, che ricambiò il saluto alzando la zampa in segno di fratellanza. Un grosso errore. Il fruscio dell'erba mise in allarme gli uccelli che volarono via chiocciando rumorosamente. Le scimmie si sono messe a ridere, Orup ha fatto la faccia da pecora e Tej si è sentito sciocco. Uff!

"Cosa pensi di fare?" Il ringhio di Tejal spaventò il cucciolo. Subito le scimmie tacquero. Otto si nascose dietro la legna da ardere. Tejal aveva un'aria feroce. I suoi occhi brillavano come candele accese e i suoi denti canini lampeggiavano come coltelli affilati quando ringhiava.

"Ma... l'ho quasi preso.... scimmie mi hanno distratto...", balbettò Tej debolmente. "Non dovresti essere qui da solo", ha detto Tejal. "Ci sono coccodrilli nel fiume, cobra nell'erba e... comunque, ho visto quello che hai fatto; stai imparando in fretta".

Le parole di mamma furono come musica per le orecchie di Tej. Che colpo di scena!

"Andiamo a casa, le tue sorelle ti aspettano".

Tej guardò Orup con desiderio. Stava per seguire la mamma, quando lei si voltò verso di lui e disse: "Torneremo più tardi".

Poi balzò come una fiamma luminosa tra le fronde della mangrovia.

"Da grande voglio essere forte come la mamma", pensò, prima di saltare dietro di lei.

"Tyger, Tyger burning bright, In the forests of the night...".[12]

"Ok, basta pavoneggiarsi", Kanna interruppe la recita di Molu, "leggiamo la prossima storia".

"Che fretta c'è?" Molu era arrabbiato perché Kanna aveva messo da parte il suo momento *"aha"*.

"È una poesia perfetta per questa storia", ha riconosciuto Ammuma.

U Il nostro sentiero Jumbo ci invita a raggiungere il Sikkim, dove incontreremo il raro Ursus tibetenus, l'orso <u>dal petto bianco</u>.

Gli alti e bassi di Urvashi

Urvashiera infastidita dal fratello Udit. Perché gli aveva dato retta? Ora stavano per ricevere una vera e propria sculacciata da mamma Usha. Tutto era iniziato con Udit che assillava la mamma perché lo lasciasse andare al fiume Teesta, dove avrebbe potuto mangiare deliziose bacche. Ma la mamma non si sognerebbe mai di mandarlo da solo.

"Non sei pronto a partire da solo, Udit", gli disse.

"Lo sono. Mi atterrò al sentiero, prenderò qualche bacca e tornerò prima del tramonto. Ti prego, mamma", implora Udit.

"A una condizione: che tu torni entro il pomeriggio *e che* Urvashi venga con te" . "Cosa? Non Urvi. Mi rallenta e si lamenta molto e.....".

"Allora il vostro picnic dovrà aspettare", dice mamma Usha interrompendo il discorso di Udit.

Udit si arrende. Urvashi è andata a raccogliere bacche con suo fratello. Tutto andava a gonfie vele: mangiavano bacche, sgranocchiavano insetti, facevano amicizia con Gemma, un raro uccello Cochoa verde, e tornavano a casa in perfetto orario. Poi Udit ha attirato

Urvashi nel sentiero opposto con la promessa di miele. L'accenno al "miele" le fece schioccare le labbra. *Slurp!*

"Seguitemi, non è troppo lontano", disse. Ed è così che si sono messi nei guai. Tre ore dopo, non c'era ancora miele in vista. Si stava facendo buio e l'aria stava diventando gelida. Erano smarriti, stanchi e spaventati da ciò che avrebbe detto la mamma.

"È colpa tua Udit, tu e le tue idee idiote", gemette Urvashi, sull'orlo delle lacrime. Aveva paura di imbattersi in lupi o leopardi delle nevi. La mamma li aveva avvertiti.

"Ehilà, non siete i gemelli di Usha?", gridò Rita, il

panda rosso.

"Sì", gridarono insieme.

"Vi ho riconosciuto dalla macchia bianca a forma di V sul petto. Sembra che vi siate persi. Lascia che ti accompagni a casa".

Rita ha calmato i due cuccioli d'orso che annusavano e li ha portati sani e salvi da una mamma Usha molto sollevata, che sembrava aver pianto anche lei. Ha accolto i suoi cuccioli con grandi abbracci e ha invitato Rita a cenare con loro. I quattro hanno gustato un pasto abbondante a base di germogli, frutta secca assortita e, indovinate un po'? **Tesoro!**

Che giornata di alti e bassi, pensò Urvashi!

"*Un Panda Rosso! Mi chiedo se siano davvero rossi*". Molu ha detto. Kanna tirò fuori il suo iPad per cercare su Google l'animale. Ammuma ha suggerito loro di fare ricerche il mattino seguente. Era l'ora dello "*spegnimento delle luci*".

V Passando da Est a Ovest, il nostro prossimo racconto ci porta a Phansad Wildlife Sanctuary, nel Maharashtra, per vedere gli <u>avvoltoi dal ciuffo bianco</u>.

La vittoria di Varaz

Varazsi sentiva fiducioso e ottimista. Di recente, gli sforzi di conservazione per proteggere gli avvoltoi dal rischio di estinzione si sono intensificati. Gli esseri umani sono stati visti aggirarsi nella zona guardando le cime degli alberi, fissando lui e i suoi amici attraverso lunghi oggetti neri. La compagna di Varaz, Vida, aveva deposto un uovo che entrambi, a turno, avevano sorvegliato fino alla schiusa. La presenza del pulcino nel nido potrebbe anche spiegare il turbinio di attività e interesse da parte dell'uomo.

Strane creature, questi umani. Sua madre Vana gli raccontava di come alcuni esseri umani considerassero gli avvoltoi una parte importante del passaggio cosmico di un'anima defunta.

"Ciao Varaz, quali sono le ultime novità sulla scena degli spuntini?" sibilò il suo amico Viraf, scendendo in picchiata sull'albero di peepal, accanto a lui.

"Ci sono resti di un bufalo selvatico non lontano da qui", grugnì Varaz.

"Bene, informerò gli altri, e non fare tardi", rispose

Viraf, sorridendo al suo amico dal becco argenteo e dalla testa rosa senza piume, e volò via.

Gli avvoltoi si nutrono della carne di animali morti. Purtroppo, nel corso degli anni Varaz ha notato che i suoi amici e parenti si ammalavano misteriosamente e morivano poco dopo aver mangiato la carcassa. Varaz era sfuggito per poco alla morte più di una volta. Perché era sempre in ritardo per il pranzo! In seguito, gli esseri umani hanno scoperto che la carcassa del bovino conteneva un farmaco chiamato diclofenac[13]. Questo potrebbe aver causato la morte degli avvoltoi.

"Sibilo, sibilo", il pulcino implorava il cibo, mentre Vida emetteva dei suoni di coccole per calmarlo. "Zitta, mia tortina... papà ti sta preparando la merenda".

"Tornerò presto", chiamò Varaz mentre si librava nel cielo, sfruttando le correnti di vento. Questa volta doveva raggiungere in anticipo la carcassa di bufalo selvatico.

Il pensiero di Vida tornava ai tempi in cui erano stati tormentati dalla mancanza di cibo e dalla perdita dell'habitat, ma erano sempre riusciti a superare le difficoltà e ad adattarsi. Ultimamente, la popolazione di avvoltoi è in costante aumento grazie a un'iniziativa governativa chiamata *Save Vulture-Save Nature*. Questa è una vittoria per Varaz e i suoi compagni avvoltoi!

Guardò il suo compagno con orgoglio. Le sue grandi ali marroni si estendevano per 120 cm, ognuna allargata

---

13 farmaco antinfiammatorio utilizzato per il trattamento del dolore e dell'infiammazione

come il Garuda [14] mentre planava senza sforzo. Meritava davvero il nome di Varaz, "colui che ha una grande forza".

---

14 uccello mitologico

"Varaz e Vida", disse Molu ad alta voce. *"Sono nomi indiani Ammuma?"*

"Sì, sono nomi Parsi. I Parsi sono un gruppo di persone che seguono lo Zorastrismo. I loro antenati migrarono dalla Persia, l'odierno Iran".

"Adoro il loro piatto 'dhansak'. L'ho mangiato una volta alla festa di compleanno di una mia amica", aggiunge Kanna con un sorso.

W Nel lontano Oriente, quando i raggi del sole baciano per la prima volta la terra dell'Arunachal Pradesh, si rincorre la storia dell'<u>anatra selvatica dalle ali bianche</u>.

Le sagge parole di Wendy

Wendyagitò la coda in segno di gioia. Era il primo giorno di uscita dei suoi bambini. Sei splendidi anatroccoli di legno dalle ali bianche. Piccole zucche preziose! Le loro teste erano gialle e le piume nere ricoprivano i loro piccoli corpi. Ma presto avrebbero ottenuto l'esclusiva testa bianca della madre con macchie nere e chiazze di bianco sulle ali. Avrebbero i suoi occhi rossi o quelli arancioni del padre? Il tempo lo dirà.

"Quack Quack!" Wendy chiamò con voce rassicurante, mentre i sei anatroccoli si muovevano dietro, cercando di tenere il passo. Si muoveva lentamente, starnazzando e muovendo la coda in modo che potessero seguirla facilmente.

Ancora qualche passo e avrebbe raggiunto la radura nella palude. Era il suo nascondiglio preferito: ben ombreggiato, ricco di infilate e isolato. I suoi bambini potevano nuotare senza essere disturbati. Con un po' di fortuna, potrebbe anche incontrare il suo caro amico

Billy, il Pochard di Baer[15]. Wendy aveva salvato Billy dall'essere colpito una volta. La donna ha gracchiato così selvaggiamente che Billy si è abbassato in tempo. Una buona azione ne merita un'altra. Billy ha avvisato Wendy del tentativo dell'umano di rubare una delle sue uova. Entrambi si sono scambiati appunti su come rimanere vivi!

Non appena Wendy e i suoi pulcini entrarono nel boschetto, sentì un forte coro : **"Sorpresa!"** . L'intera palude brulicava di uccelli giunti da lontano per congratularsi con lei.

A prima vista, Wendy individua Billy. Vicino a lei c'era Heidi, il bucero. Poi c'erano Feebi, il Myzornis dalla coda di fuoco, e Gemma, la splendida Cochoa verde del vicino Sikkim, che cinguettavano con gioia. Anche Madhuri, la quaglia di Manipur, è arrivata in aereo. Wendy fu sopraffatta e scoppiò in lacrime.

"Oh, cielo, non ho parole", balbettò lei. "Sono molto grato per il vostro sostegno. Dobbiamo coprirci le spalle a vicenda se vogliamo sopravvivere in questo mondo".

"Parole sagge, Wendy", hanno esultato.

"Cheep cheep cheep...". Gli anatroccoli avevano fretta di nuotare. La palude risuonava del cinguettio di una gioiosa speranza.

Mentre Wendy conduceva i suoi anatroccoli nel fiume,

---

15 Uccello a rischio critico

il cielo legava i loro sogni di un futuro luminoso con un nastro color arcobaleno.

"Da grande voglio fare birdwatching", ha detto Kanna.

"Anch'io", si è affrettato a dire Molu.

"Avete notato qualche nome familiare?" Ammuma ha chiesto.

"L'ho fatto, l'amico di Bansi, Madhuri", ha detto Molu.

"E Gemma del racconto di Urvashi", aggiunge Kanna.

X Sulle tracce del Jumbo c'è il <u>rospo Xanthophryne tigerina</u>, detto anche rospo di Amboli, ancora una volta nei Ghats occidentali del Maharashtra.

Lo Xilofono di Xini

"**Xini**... incantesimo *Anfibio* per me". Cullato dalla calura pomeridiana, Xini era caduto in trance, quando il gracchiare acuto del suo maestro lo fece uscire dal sogno ad occhi aperti.

"Xini, incantesimo *Anfibio*". Lo sguardo severo della signora Xeril era sufficiente a trasformare chiunque in pietra.

Xini ha boccheggiato. "A-M-F-I-..."

"Fermatevi! Stasera graciderete l'ortografia 50 volte come compito a casa e se sarete sorpresi a sognare un'altra volta, farò in modo che diventi 100!". La sentenza è stata pronunciata e la signora Xeril ha sigillato la dichiarazione con un colpo di gola.

Perché la lingua inglese doveva essere così difficile? La maggior parte delle parole non aveva lo stesso suono di come erano scritte. Xini sognava solo il nuovo xilofono che aveva ricevuto per il suo compleanno. Le femmine ridacchiarono, ma furono soffocate dallo sguardo gelido della signora Xeril. Povero Xini, sempre con la testa tra le nuvole.

Xini era una specie rara di rospo, presente solo nella regione di Amboli, nel Maharashtra. Frequentava l'*Accademia degli Anfibi di Amboli*, dove era praticamente impossibile infilare una zampa di rospo, per non parlare della sua lunga lingua appiccicosa. Ma Xini aveva un talento speciale. Sapeva suonare lo xilofono come un sogno. Questo ha giocato a suo favore.

L'aria stava diventando insopportabilmente umida. Senza alcun preavviso, il cielo pesantemente carico di luce è esploso. Sono state piogge di benedizione per Xini e i suoi compagni rospi, il loro richiamo![16]

"La lezione è finita!" dichiarò la signora Xeril e l'intera accademia esplose in un assordante "Evviva!". I rospi sono usciti dalle loro aule saltando di gioia mentre le piogge sferzavano la terra. Sguazzavano e saltavano, saltavano e gracchiavano nelle centinaia di piccole pozzanghere.

In mezzo a questo caos felice, Xini ha trovato l'occasione perfetta per suonare il suo xilofono. Il momento era suo e doveva essere colto. *Chi dorme non piglia pesci*, diceva suo padre. I suoni allegri dei rospi, il ticchettio delle piogge e le melodie di Xini formano un'orchestra deliziosa.

"Ribbet-Croak, Pitter-Patter, ting-a-ling-a-ling".

Ribbet-Croak, Drip-Drop, ting-a-ling-a-ling".

Xini suonava a suo piacimento mentre i suoi compagni

---

[16] Un messaggio chiaro per un'azione

ballavano al ritmo della sua musica.

La signora Xeril guardava ammirata. Xini aveva talento, dopotutto!

"Haha, Xini sembra proprio Kanna!". Molu scoppiò in una risata. Kanna si unì alle risate. Come si è potuto immedesimare in Xini; anche lui ha avuto difficoltà con l'ortografia!

Y Il nostro penultimo racconto su[17] è ambientato nel pittoresco lago Pangong Tso, in Ladakh. Visitiamo questo lago panoramico per vedere gli yak.

I filati di Yakky Yuki

Yuki era nel bel mezzo di una trama mentre sgranocchiava la colazione, quando sua madre la chiamò. Era il suo turno di dare passaggi agli umani che venivano a visitare l'idilliaco Pangong Tso. Per passare il tempo, Yuki inventava storie, tante: divertenti, bizzarre, inquietanti. Ha intrattenuto tutti gli yak della sua città.

"Yuki, raccontaci qualcosa", le dicevano gli amici quando tornava dal lago, e lei faceva "yak, yak, yak". Da dove prende tutte le sue idee? È quando guarda il lago che trova l'ispirazione. Incastonate tra le montagne dell'Himalaya, a un'altezza di 14.000 piedi, le acque blu di Pangong Tso scintillano quando la luce del sole ne sfiora la superficie. Che spettacolo mozzafiato! Perfetto per tessere trame e filati.

Yuki era la preferita dai turisti. Era gentile e paziente anche quando i piccoli umani cercavano di afferrare la sua coda cespugliosa.

"Voglio cavalcare quello", disse il più piccolo,

---

[17] Penultimo

indicando Yuki. "Mi punzecchierà se le tocco la coda?", hanno chiesto.

Quella mattina, spostandosi all'estremità del lago, dove le bandiere di preghiera multicolori sventolavano al vento, Yuki fu sorpresa di trovare un nuovo muso di yak. Chi è, si è chiesta. Lo yak sembrava a suo agio con gli esseri umani, sia locali che turisti. Ha sentito la gente del posto chiamarlo Yarzar. Aveva un manto bianco lucido con una vistosa sella a motivi quadrati rossi e blu sulla schiena larga. Nastri coordinati erano legati alla punta delle sue lunghe corna appuntite. Un pubblico potenziale!

Si scambiano sguardi con la promessa di una bella amicizia. Sul Pangong Tso è scesa la sera. Yuki e Yarzar guardavano le acque tranquille che brillavano al chiaro di luna. Dal monastero lontano si sentivano canti tranquillizzanti. Una cutrettola gialla si appollaiò su una delle corna di Yarzar e beccò i suoi nastri. Due gabbiani reali planarono in perfetta simmetria e atterrarono sulla riva per beccare qualche briciola.

Yuki provò un senso di calma come se fosse un tutt'uno con l'universo. Si voltò verso

Yarzar che stava masticando tranquillamente il fieno. Era il momento di tessere uno dei suoi filati.

"Allora, l'altro giorno questa pecora blu mi ha parlato di un leopardo delle nevi.....yak yak yak....."

"*Non è meraviglioso che ogni regione dell'India abbia nomi, costumi, tradizioni, cibo e lingua unici?*" *Ammuma ha detto mentre la storia finiva.*

Molu si chiedeva quale filo Yuki avrebbe poi tessuto.

Z Siamo giunti alla fine del nostro percorso Jumbo. La nostra ultima tappa è a Nellore, nell'Andhra Pradesh, dove si trova la razza bovina Zebù.

Zip Zesty Zara

Zara si lega al collo la sciarpa rossa a pois che sua madre Zukina ha cucito a mano. Era la mattina della sua laurea. Era chiamata Zesty Zara perché amava le attività all'aria aperta: trekking, campeggio, birdwatching. Avrebbe aggiunto tre nuove attività alla sua lista: zip-lining, zumba e piantare zinnie!

Zara appartiene alla rara razza bovina Zebù. Hanno una caratteristica gobba sulle spalle che li differenzia dai loro cugini bovini. Alcuni hanno chiamato la gobba grassa, altri l'hanno definita un punto di bellezza, ma Zara l'ha definita una corona: la faceva sembrare una principessa! Si stava ammirando allo specchio quando un suono gracchiante alla porta di casa la fece uscire dalla sua modalità di vanità.

"Zara, guarda chi è venuto a farti gli auguri", chiamò sua madre Zukina. Zara si diresse verso la veranda. "Ziggy!!!", ha strillato di gioia. "Che bello che tu sia venuto a trovarci". La Zakerana Murthii o rana verrucosa dei Ghats è una specie a rischio di estinzione che si trova nei Ghats occidentali, vicino al Karnataka.

"Lei è il nostro ospite speciale. Vi prego di partecipare

alla cerimonia di laurea", ha detto Zukina.

Una volta consegnati gli attestati, è stato il momento per la signora Zachariah, l'insegnante più anziana e gentile del villaggio, di parlare all'assemblea.

"Questa Terra generosa ha spazio e risorse in abbondanza per tutte le creature grandi e piccole. Distruggere meno, conservare di più. Disprezzare meno, curare di più. Prendere meno, dare di più. Nutriamo e alimentiamo tutta la vita. Impariamo a condividere lo spazio con gli esseri umani e a vivere in armonia. Ricordate: *un pianeta, molte specie, una vita, molti sogni, un passo, molti salti!*"

La signora Zachariah ha concluso il suo discorso sottolineando l'ultima parola con un colpo di zoccolo. Questo deve averlo innescato. Alla parola "salti", Ziggy è salito sul podio ed è atterrato sulla gobba della signora Zachariah! Dalla sua visuale aerea, Ziggy poteva vedere il pubblico che lo fissava. Gli era sfuggito qualcosa?

In seguito, la famiglia si è fatta una bella risata sul fiasco di quel pomeriggio. La signora Zachariah ha messo da parte l'incidente sostenendo che le sue parole avevano lasciato un segno!

Quella sera, Zara ha riflettuto sulle righe conclusive della signora Zakariah, con un profondo senso di gratitudine. Aveva così tanto da fare e poteva fare tutto ciò che il suo cuore desiderava. Il mondo era la sua ostrica! Doveva iniziare a chiudere le cerniere!

Ammuma ha terminato l'ultima storia con un'esplosione. La stanza era soffusa del caldo chiarore della luna e dell'inebriante fragranza del gelsomino. Il frastuono del frinire dei grilli si era ridotto a un mormorio.

"Wow!" Kanna disse dolcemente. "Sono tante le specie di animali e uccelli in via di estinzione in tutta l'India. Penso che da grande lavorerò nelle foreste".

"Devo anche iniziare a fare la cerniera", ha detto Molu entusiasta.

"E anche a chiacchierare", ha aggiunto Kanna senza peli sulla lingua.

"Molu, ti ricordi che ci hai chiesto cosa stavamo facendo per proteggere questi animali?" Ammuma le ha ricordato.

"Sì, hai detto che le persone stanno aiutando molto, ma bisogna fare di più".

"Ecco, anche tu potrai contribuire a questi sforzi di conservazione quando sarai grande".

Ammuma sapeva in cuor suo che Kanna e Molu avrebbero lasciato il villaggio più ricco di pensieri e di azioni.

Ore 22.00. Orario di *spegnimento delle luci*. Li salutò augurando loro la buonanotte e chiuse delicatamente la porta della camera da letto. Kanna e Molu si sono infilati nei loro letti, ognuno perso nel proprio mondo della giungla. Una fata del sonno si aggirava sulle loro palpebre, ma uno sfarfallio fuori dalla finestra la fece sparire. Lucciole! Di nuovo. Questa volta i bambini li guardarono danzare finché la fata del sonno non tornò e lanciò su di loro un incantesimo. Kanna e Molu si addormentarono in un sonno profondo, con le storie che turbinavano nelle loro menti.

In lontananza, la giungla continua a sussurrare.

90 Quando la giungla

LA FINE

Fatti divertenti sui nostri amici fauni

Elefanti<u>asiatici</u>: Gli elefanti usano i piedi per sentire i suoni.

B-Bengala<u>floricano</u>: Il floricano del Bengala è un uccello adattato a camminare, ma può volare anche per lunghe distanze.

C- <u>Re Cobra</u>: Il morso di un cobra reale è così tossico che può uccidere anche un elefante!

D- <u>Delfino</u>: I delfini possono navigare e cacciare usando l'ecolocalizzazione.

E-: Uno degli uccelli più veloci del mondo, l'Aquila della Steppa <u>steppa</u> può volare fino a 60 km. F- <u>Fro g</u> : la rana volante Anaimalai è conosciuta anche con un altro nome: la rana volante falsa Malabar.

G- <u>Gharial</u>: I maschi di gaviale presentano una grande escrescenza sul muso chiamata ghara, che in hindi significa "vaso di fango".

H- <u>Hangul</u> Una sottospecie di alce, con macchie sul corpo quando è un cerbiatto.

I- <u>I leoni indiani</u> I leoni indiani o asiatici sono più piccoli di quelli africani. La criniera cresce sulla sommità della testa e le orecchie sono visibili.

<u>J-Ragno</u> Jenkins: il toporagno Jenkins è minuscolo e ha una pelliccia molto folta.

K-<u>Kala Hiran</u> o il Blackbuck possono correre così velocemente da superare qualsiasi predatore, tranne il ghepardo.

Ilmacaco <u>dalla coda di leone</u> ha una lunga coda con un ciuffo di peli neri all'estremità che ricorda la coda di un leone, da cui il nome.

M-Il <u>Cervo topo</u> è l'unico gruppo di cervi senza corna.

N-Nilgiri<u>Tahr</u>: Il nome è una combinazione di Neelagiri che significa "colline blu" in tamil e trágos che significa "capra" in greco.

O- <u>Tartaruga Olive Ridley</u>Le tartarughe d'oliva hanno la capacità di dormire sott'acqua per circa due ore, senza uscire a prendere aria.

P- <u>Pavoni</u> hanno delle belle creste sulla testa che in realtà fungono da sensori. Q-<u>La quaglia dell'Himalaya</u> non è stata avvistata da oltre 125 anni! La ricerca è ancora in corso...

R-Il <u>Rinoceronte</u> anche se ingombranti, hanno un passo agile e, quando sono arrabbiati, possono raggiungere le 30 miglia all'ora.

I<u>leopardi</u> delle nevi nonruggiscono ! Si limitano a fare un chuff, un ringhio, un sibilo e un miagolio!

T- <u>Tigre</u> Proprio come le zebre, non esistono due tigri con le stesse strisce. Sono uniche come le impronte digitali umane!

U-Ursus<u>Tibetenus</u>: questo orso dal petto bianco può camminare in posizione verticale per un quarto di miglio!

V-<u>Gli avvoltoi</u> si alzano in volo sfruttando le colonne di aria calda che salgono, chiamate "termiche". Che modo intelligente di utilizzare l'energia naturale!

W-<u>L'anatra selvatica dalle ali bianche</u> ha un richiamo spettrale. A causa di questo suono particolare, viene chiamato "Deo Hans" o Anatra dello Spirito in Assamese.

X-Amboli maschio <u>Rospi</u> hanno la pelle di colore giallo brillante, segnata da strisce di colore marrone chiaro o scuro. Per questo motivo sono stati soprannominati "rospi tigre".

Y-<u>Gli yak</u> possono sopravvivere a temperature fino a -40 gradi Celsius.

<u>Bovini</u> Z-Zebù La gobba dello zebù funge da pratico magazzino. Quando il cibo scarseggia, possono prendere i nutrienti da lì, come i cammelli.

Nota dell'autrice-

Questo libro di fiabe è un omaggio all'incessante lavoro degli ambientalisti per proteggere e conservare le specie in pericolo in India. È anche per incoraggiare i bambini a conoscere e apprezzare la ricca diversità faunistica che abbiamo. Chissà, da grandi potrebbero essere ispirati a contribuire a queste misure di conservazione.

Ringrazio di cuore il dottor Ullas Karanth e il signor Romulus Whitaker, che hanno letto i miei racconti, fornito preziosi input e convalidato il mio impegno. Ringrazio di cuore il dottor Raju Kasambe, la cui conoscenza degli uccelli in pericolo mi ha aiutato a perfezionare le mie storie. Neena Mehrotra è stata la prima a correggere le bozze e a fornire un feedback costruttivo. Sono grato a Jayaprakash Satyamurthy, Aditi Pant e Divya Mehrotra per il loro punto di vista e alla mia famiglia per aver incoraggiato la mia immaginazione a prendere il volo.

Un grande applauso agli illustratori che hanno dato vita a ogni specie in pericolo con i loro tratti e pennelli. Parvathy Subramaniam, Tanisha Tiwari, Mukund Ravishankar, Tayyibah Kazim, Krithika Ramesh e Saswati Patra hanno passato molte ore a creare queste deliziose illustrazioni. Grazie a Divya Dhanush per la bellissima copertina e la quarta pagina, che catturano la meraviglia dei bambini.

I miei personaggi saltano di gioia, tirano sospiri di sollievo, piangono per la preoccupazione, ridono per scherzo, si struggono per la perdita, tengono il broncio per l'invidia e fanno molte altre cose proprio come noi. Non vi resta che leggere queste storie ai vostri piccoli o insieme a loro, in modo che possano visualizzare e godere della magia di questi preziosi animali e uccelli nelle nostre giungle.

Preethi Menon

www.ingramcontent.com/pod-product-compliance
Lightning Source LLC
LaVergne TN
LVHW061625070526
838199LV00070B/6575